LE POIRIER,

OPERA COMIQUE.

LE
POIRIER,
OPERA COMIQUE,
Par M. VADÉ,

Représenté pour la premiere fois sur le Théâtre de la Foire S. Laurent, le 7 Août 1752.

Le prix est de 24 sols.

A PARIS,
Chez DUCHESNE, Libraire, Ruë Saint-Jacques, au-dessous de la Fontaine Saint-Benoît, au Temple du Goût.

M D C C L I I.
Avec Approbation & Privilége du Roi.

PERSONNAGES.

THOMAS, *Tuteur de Claudine & de Lucette, & Amoureux de Claudine.* M. Parent.

CLAUDINE, *Amante de Lubin.* Mlle. Deglands.

LUCETTE, *Sœur de Claudine.* Mlle. Deschamps.

LUBIN, *Sous le nom de Pierot, Amant de Claudine.* M. Deschamps.

M. DE BONSECOURS, *Seigneur d'un Village voisin.* M. Pinot.

BLAISE, *Pêcheur.* M. de l'Ecluse.

La Scene est dans un Village sur les bords la Seine.

LE POIRIER
OPERA COMIQUE.

SCENE PREMIERE.

PIEROT.

I tous les jaloux étoient au fond de la riviere, je ſerois moins à plaindre, & M. Thomas au ſervice duquel je me ſuis mis pour plaire à Claudine dont il eſt Tuteur, auroit le tems de ſe noyer avant que j'allaſſe le ſecourir.

AIR. *La petite Lize, veut qu'on la conduiſe.*

Ce qui me chagrine,
Hélas ! c'eſt que Claudine
Ne peut faire un pas
Qu'avec ce vieux Thomas.

Et sa sœur Lucette
Qui toujours la guette,
Force mon cœur
A cacher son ardeur
Ma chere Claudine,
Si tu ne me devine,
Pierot en ce jour,
Mourra de son amour.

Thomas épouse demain ma Maitresse; il en est détesté; mais enfin il l'épouse. J'ai vainement pris le ton & l'habit d'un niais.

AIR. *Au bord d'un clair ruisseau.*

Je n'ai pû de cet ours
Tromper la vigilance;
Contre la défiance
Que servent les détours?
Que je suis malheureux!...

SCENE II.

PIEROT, BLAISE *portant un panier rempli de poisson.*

BLAISE *sans voir Pierot.*

AIR. *Lon fariradondaine guai.*

VIVE un bon luron,
Que rien ne chagraine,
Qui vuide un flacon,

Sans reprendre haleine.
Bon,
Lon farira dondaine guay,
Lon farira dondé.

PIEROT *à part.*

C'est Blaise

BLAISE.

Même air.

C'est à l'hameçon,
Que pêche Climene,
J'endors le goujon,
Pour qu'alle le prenne... Bon, &c.

PIEROT *à part.*

Qu'il est heureux.

BLAISE.

Même air.

Avec les tendrons
Qu'amour nous amene,
Le soir je pêchons
Au bord de la Seine...Bon, &c.

PIEROT *à part.*

J'admire sa gayeté.

BLAISE.

D'ici le Patron,
Va pêcher Claudaine
Un pareil poisson
En vaut ben la peine... Bon, &c.

PIEROT.

Hélas !

BLAISE.

En v'la de beaux pour la nôce de son festin, mais ça ly coutra cher, *appercevant Pierot.* Queuque c'est que grand flandrin là qui a l'air d'avoir la meine triste ? Hé cadet ! à quoi donc qu'tu rêve-là ?

PIEROT.

Air. *Morbleu, si je la tenois.*

Je songe à la différence
De votre joye à mon sort ;

BLAISE.

A ton avis ai-je tort ?
Le chagrin de rien n'avance,
Pour tout bien je suis content,
J'aime, bois, ris, chante & danse
Pour tout bien je suis content,
Tiens partageons, mon enfant.

He ben allons donc, tu ressembles à un accident comme deux goutes d'eau. Pour t'égayer un peu, viens me montrer où demeure la maison à M. Thomas.

PIEROT.

C'est ici. Vous ne pouviez mieux vous adresser, je lui appartiens.

BLAISE.

AIR. *En mistico.*

Oh pargué, je t'en falicite,
En mistico en dardillon, en dar, dar, dar, dar, dar,
Car sa future a du mérite
Et tu m'as l'air assez,
Mistipicoté
futé

Il le prend par la main.

Tiens, mon ami, je m'y connois vois-tu... à

Il recule deux pas en ôtant son chapeau.

Quoi donc ! queu vision ! hé c'est vous M. Lubin, l'maître Farmier du village de la Liau ? Il y a trois mois qu'on vous cherche à coups de tambour ni plus ni moins qu'un bijou pardu.

AIR. *Car.*

Comme vous vla,
Quelle métaphormose !
Dans tout cela
J'avise queuque chose,
Car,
T'nez, vous n'êtes pas sans cause
Le valet de ce vieillard.

Claudenne ne seroit-elle pas par hazard le surjet de tout ça ?

PIEROT.

Rien de plus vrai, mon cher Blaise.

BLAISE.

Hé, mais comment ça se gouverne-t'y ?

PIEROT.

Le Tuteur est un Argus éternel, & je n'ai pû encore parler à Claudine que des yeux ; mais j'ai crû entrevoir dans les siens quelqu'espoir...

BLAISE.

Vous n'êtes pas mal avancé !

AIR. *Je n'en dirai pas davantage.*

Faut pas s'en rapporter aux yeux
C'est un jargon qui trompe au mieux,
Des Belles c'est là le langage,
En aiment-elles davantage ?

Non, c'est un tournement de regard à l'occasion de leur gloire qui fait ça, & les nigauds prennent le change.

PIEROT.

Va, Claudine est trop naturelle.

AIR. *L'autre jour étant assis.*

Elle fixe mes desirs,
Mon cœur près de cette Belle,
A cent fois par mes soupirs,
Dit ce qu'il ressent pour elle
Je l'ai vûe à son tour
Soupirer & se taire
Tel est du tendre amour
Le langage sincére.

BLAISE.

C'eſt ben dit; mais avec tout ça, vous ne tenez rien, faut de la parole, Monſieur Lubin. Faut agir, voyez-vous.

AIR. *Mon Papa toute la nuit.*

On amorce le poiſſon
Pour qu'il entre dans la naſſe
Si Claudaine entend raiſon. . . .

PIEROT.

Quoi ! que veux-tu que je faſſe.

BLAISE.

Enlevez, enlevez, enlevez-la,
Dans ma barque je vous paſſe,
Enlevez, &c.

PIEROT.

Ah ! je crains trop pour cela.

BLAISE.

Quoi donc craindre ! il n'y a pas de crainte à avoir; quand vous ſerez une fois cheux vous tout ſera dit; & d'un autre côté.

AIR. *Chacun à ſon tour.*

Le Seigneur du lieu vous eſtime
A le faire il eſt engagé;
Votre mere étoit ſon intime
Et l'avoit par fois obligé;

Il peut donc en vous donnant retraite,
Vous rendre ſervice en ce jour ;
Chacun à ſon tour ,
Liron , lirette ,
Chacun à ſon tour.

Et puis avec ça il eſt en procès avec M. Thomas, ça jettra de l'huile dans le feu ; & ſi M. Thomas vous pourſuivoit, il trouveroit à qui parler. Hé puis tenez, ma barque a ça de bon drès qu'une fille y a mis le pied... Votre ſerviteur; les jaloux y renoncent. Je m'en vas porter mon poiſſon, arrangez-vous là-deſſus avec votre parſonniere. *Il ſort.*

PIEROT.

Ne m'abandonne pas ſi je la détermine.

BLAISE.

Non, non, allez. *Revenant ſur ſes pas.*

J'veux dire queu maniere d'humeur que c'eſt M. Thomas? C'eſt qu'en cas d'occaſion, c'eſt bon à ſçavoir.

AIR. *Joſeph eſt bien marié.*

Ce Tuteur eſt-il madré ?

PIEROT.

Non, c'eſt un avare outré,
Amoureux par fantaiſie
Défiant par jalouſie,
Qui par bêtiſe croit tout.

BLAISE.

Allez, j'en vienrons à bout.

J'irons dire un mot de tout ça à M. de Bonfecours, Seigneur de cheux vous, & puis je repasse ici, c'est l'affaire de quatre coup de rames. Sans adieu, M. Lubin.

PIEROT.

Crois que ma reconnoissance.....

BLAISE *s'en allant.*

Chantons lestamini, chantons lestamina, chantons lestamini, chantons letamina.

SCENE III.

PIEROT *seul.*

CLaudine ne se présente point à ma vûe, le tuteur l'obséde sans doute.

AIR. *Quel voile importun.*

Du jeune Objet que j'adore
Ne verrai-je pas,
Les inocens appas!
O toi que mon cœur implore
Remplis mes desirs
Puissant Dieu des plaisirs!

Termine mon impatience
Conduis ses pas dans ce séjour
Hélas tu sçais que sa présence
Est pour moi la lumiere du jour.
Du jeune Objet, &c.

Ces fleurs, cette verdure
Ne m'offrent qu'un triste tableau
Mais quand je la vois tout est beau
Tout rit dans la nature.
Du jeune Objet, &c.

Mais voici Lucette sa maligne petite soeur; reprenons devant elle notre rôle d'imbécile.

SCENE IV.

LUCETTE, PIEROT.

LUCETTE *à part.*

MA soeur me parle de Pierot avec une sorte de défiance, elle est rêveuse... ce garçon a une certaine bonne mine qui dément son état, & je soupçonnerois presque.... Mais non il est si bête!

PIEROT *d'un ton niais.*

Ah, bon jour, Mademoiselle Lucette; où est donc Mademoiselle Claudine votre soeur?

LUCETTE.

Eh mais, elle eſt... vous êtes bien curieux, qu'eſt-ce que vous lui voulez?

PIEROT, *tout lentement.*

AIR. *Je voudrois bien me marier.*

Je voudrois bien lui dire un mot.

LUCETTE *le contrefaiſant.*

Que pourriez-vous lui dire?

PIEROT *ſoupirant.*

Je ne ſçais pas.

LUCETTE *riant.*

Ah, qu'il eſt ſot.

PIEROT.

Qu'avez-vous donc à rire?

LUCETTE.

C'eſt que vous ſoupirez Pierot.

PIEROT.

Hé bien oui je ſoupire.

LUCETTE.

Oui da! eſt-ce là ce que vous vouliez dire à

ma sœur? Oh, c'est la même chose, je le lui reporterai; ou bien si vous voulez, M. Thomas lui en fera la confidence.

PIEROT.

AIR, *Allons gai toujours gai.*

Ah petite méchante
Vous me désespérés.

LUCETTE.

La complainte est touchante !
Je crois que vous pleurés.
Allons gai toujours gai.

PIEROT *naturellement.*

Aimable Lucette, loin de m'accabler, plaignez-moi, je mérite toute vòtre pitié.

LUCETTE.

Oh, oh, voici du sérieux.

PIEROT *à part.*

Qu'ai-je dit ?

LUCETTE.

Vraiment, il se dégourdit.

SCENE V.

CLAUDINE, LUCETTE, PIEROT.

LUCETTE.

AH, ma ſœur, ma ſœur approchez. Tenez M. Pierrot vous honore, je crois, de ſa tendreſſe.

CLAUDINE.

Hé bien, ma ſœur !

PIEROT.

AIR. *Un inconnu.*

*Moi vous aimer ! ah, voyez quel menſonge !
Me ſiéroit-il d'adorer vos appas ?
Mais quand j'y ſonge,
Claudine hélas,
Si vous ſaviez, non ! vous ne croiriez pas
Dans quel plaiſir leur ſouvenir me plonge.

LUCETTE.

Voyez-vous ?

PIEROT.

AIR. *Quand le péril eſt agréable.*

Vainement j'en ferois miſtere,
Tout conſpire à me dévoiler

Quand vos yeux daignent me parler
Mon cœur doit-il se taire ?

D'ailleurs le tems presse.

CLAUDINE.

AIR. *Ne m'entendez-vous pas.*

Je ne vous entends pas.

PIEROT.

Si l'amour le plus tendre
Ne peut se faire entendre,
Que deviendrai-je hélas.

CLAUDINE.

Je ne vous entends pas.

à part.

Qu'il m'en coute pour le rebuter!

LUCETTE.

AIR. *Paris est au Roi.*

Mais vraiment Pierot,
Pierot n'est pas sot,
L'amour qui l'enhardit
Regne en ce qu'il dit,
Pour moi je le crois
Un futé matois,
Tenez voyez ma sœur
Cet air séducteur.

CLAUDINE.

à part. *haut.*

Je sçais bien qu'en penser. Mais ma sœur, M. Thomas est seul ; il pourroit s'ennuyer.

AIR. *Va-t-en voir s'ils viennent.*

Vous sçavez que vos besoins
Par lui se previennent,
Allez lui rendre vos soins,
Ces soins la conviennent.

LUCETTE.

Va-t-en voir s'ils viennent.

Pour vous laisser avec Pierrot. J'entends.

CLAUDINE.

Mais lui dis-je quelque chose ?

LUCETTE.

Non, mais vous poussez des soupirs.

PIEROT.

AIR. *Mais hélas je m'apperçois bien.*

Si dans un rang moins obscur
Le destin m'avoit fait naître,
Pour moi votre cœur moins dur,
Pourroit m'écouter peut-être :

Mais hélas je m'apperçois bien
Que pour plaire il faut paroître :
Mais hélas je m'apperçois bien . . .

CLAUDINE *tendrement.*

Allez ne jurez de rien.

LUCETTE.

Vous l'aimez donc?

CLAUDINE.

Oui petite espionne.

LUCETTE.

Et fi, ma sœur.

PIEROT.

Quoi, belle Claudine, j'aurois le bonheur, malgré mon état . . . .

CLAUDINE.

AIR. *Dans nos hameaux la paix & l'innocence.*

Ah, si j'en crois ce que mon cœur desire,
Vous n'êtes point ce que vous paroissez,
Votre douceur, vos soins doivent suffire
Pour le prouver.

PIEROT.

Que vous me ravissez !

Oui

Oui pour vous rendre en ſecret mon hommage,
J'ai de bon cœur pris ce déguiſement.

CLAUDINE *tendrement.*

Quoi s'abaiſſer ! ...

PIEROT.

Les marques d'eſclavage
Sont de l'amour le plus bel ornement.

Lubin eſt mon nom ; & ma famille & mon bien pourront vous être bientôt connus ſi vous êtes touchée de mon martyre.

CLAUDINE.

AIR. *Un Miniſtre de Calais.*

Hélas vous cauſez le mien.

LUCETTE.

Tout ceci me rend jalouſe.

CLAUDINE.

Mais Lubin n'eſperez rien,
Le Tuteur ce ſoir m'épouſe.

LUCETTE *malignement.*

Ahi, ahi, ahi.

PIEROT.

AIR. *Du Prévôt des Marchands.*

Ma ressource est le désespoir.

CLAUDINE.

Ciel ! que me faites-vous prévoir !

PIEROT.

Comment voulez-vous que je vive
Quand vous prononcez mon trépas.

CLAUDINE.

Je frémis ! . . . non, quoiqu'il arrive,
Cher Lubin vous ne mourrez pas.

LUCETTE.

C'est-à-dire, Mademoiselle ma sœur, que vous n'épouserez point M. Thomas ?

CLAUDINE.

Précisement ma sœur.

PIEROT.

Que je suis heureux !

LUCETTE.

Mais sera-ce moi ?

CLAUDINE.

Je ne vous empêche pas de vous en accommoder dans quelques années.

LUCETTE.

Non pas ma chere sœur ainée.

AIR. *Qu'on me blame tant que l'on voudra.*

Pour me plaire
Il faut qu'un amant
Joigne au sentiment
Un heureux caractere
Que sincere,
Jeune & fait autour,
Il sache me faire,
Céder à l'amour.
Un volage, un indiscret,
Un mal adroit,
Un faquin, un soupirant à lunettes;
De fleurettes
Vainement m'entretiendroient,
Mes regards les confondroient
Et leur diroient
Pour me plaire,
Il faut qu'un amant
Joigne au sentiment
Un heureux caractere,
Que sincere,
Jeune & fait au tour;
Il sache me faire
Céder à l'amour.

Ainsi, vous voyez bien que je m'en tiens à Lubin. Je vous abandonne tous les autres.

CLAUDINE.

O ciel!

LUBIN.

Il ne nous manquoit plus que cet obstacle.

LUCETTE.

Comment?

PIEROT *embarassé.*

Je dis qne je ne m'attendois pas à tant de bonheur à la fois.

LUCETTE.

Et moi, je m'attendois à une réponse plus honnête.

AIR. *Quel désespoir.*

Ne craignez rien,
On ne prétent forcer personne,
Ne craignez rien,

D'un air dédaigneux.

Gardez votre charmant lien.

PIEROT.

Quand l'amour l'ordonne,
Sachez que le cœur se donne.

LUCETTE.

Ma sœur est assez bonne
Pour vous laisser prendre le sien.

PIEROT.

Elle a le mien,
Sans cela petite friponne...

LUCETTE.

Ne craignez rien,

D'un ton fier.

Allez, Monsieur, on vous vaut bien.

PIEROT.

Vous vallez mille fois mieux; mais...

LUCETTE.

Mais, mais, il suffit: pour vous apprendre à être plus galant, vous n'épouserez ni Mademoiselle ni moi.

PIEROT *à part.*

Quel petit diable.

CLAUDINE.

Menuet de Granval

Ah, ma sœur, vous allez sans doute
Dire tout à Monsieur Thomas,

Mais malgré lui quoiqu'il m'en coute....

LUCETTE.

Moi ! je ne le lui dirai pas.

CLAUDINE.

Quoi, tout de bon, ma chere petite sœur.

LUCETTE.

Oh tout de bon. Je m'en garderai bien.

PIEROT.

Quelle discrétion à cet âge !

LUCETTE.

AIR. *De la Course Italienne.*

Je ne suis pas si sotte vraiment
Que d'aller jaser imprudemment,
Je le connois,
Si je le lui disois
Votre secret
Le dégouteroit,
Il laisseroit
Ma sœur, & me prendroit.
Non, je ne suis pas si sotte vraiment
Que d'aller jaser imprudemment.

Mais je me réserve de lui dire tout, après que M. Thomas sera votre époux.

CLAUDINE.

A la bonne heure.

LUCETTE *à part.*

Et Lubin me reſtera. *haut.* Le voilà le pauvre bonhomme.

SCENE VI.

THOMAS, CLAUDINE, LUCETTE, PIEROT.

THOMAS.

BOn jour, mes enfans. Lucette, avez-vous bien fait le guet ?

LUCETTE.

Oui, Monſieur.

THOMAS.

Vous n'avez donc rien à me dire ?

LUCETTE.

Oh non, Monſieur.

THOMAS.

Ecoutez, mon petit chat. *Il lui parle à l'oreille.*

CLAUDINE.

AIR. *Pour la Baronne.*

Lubin que faire,
Hélas, on va nous séparer,

PIEROT.

J'imagine un moyen, ma chere,
Un tour.

CLAUDINE.

S'il peut me rassurer,
Il faut le faire.

PIEROT.

Paroissez dans quelques instans désirer du fruit de ce poirier; je me charge du reste.

CLAUDINE.

J'y consens volontiers.

THOMAS *à Lucette. Haut.*

Et vous distribuerez des bouquets & des rubans à chacun, entendez-vous?

LUCETTE.

Oui, Monsieur.

CLAUDINE *à part.*

Que je le déteste.

LUCETTE *à Claudine & à Lubin en s'en allant.*

Après la nôce, après la nôce.

SCENE VII.

THOMAS, CLAUDINE, PIEROT.

THOMAS.

AIR. *Zeste, zeste, zon, zon, zon.*

QUe dis-tu de mon mariage,
Montrant Claudine.
De l'aimer n'ai-je pas raison ?
Ma foi mon arriere saison
Devient mon plus bel âge,
Je renais près de ce tendron,
Vois, ne suis-je pas encor leste,
Il saute lourdement.
Ziste, zeste,
Zon, zon, zon.
Il tousse un peu.
Qu'a de plus un jeune garçon ?

N'est-ce pas mon petit chou ?

CLAUDINE *embarrassée.*

Monsieur . . .

THOMAS.

Dis, dis, ne te gêne pas devant Pierot, tu ſçais que c'eſt un bon garçon qui n'entend pas malice, & dont nous ſommes ſurs.

PIEROT *d'un ton niais.*

AIR. *Raiſonnés ma Muſette.*

Mademoiſelle, ô dame!
Ça doit vous ravir l'ame
De trouver un mari,
Qui de vous eſt cheri.

THOMAS.

Le pauvre garçon! comme il prend mes intérêts!

PIEROT.

Moi, Monſieur, je ne deſire que ce que vous aimez.

THOMAS.

Quel zèle! *à Claudine.* Je ne doute pas que tu n'aimes beaucoup ton futur; mais jure, jure-le-moi encore.

CLAUDINE.

AIR. *La mort de mon cher pere.*

Pour un amour frivole,
Les ſermens ſemblent faits,

C'eſt un ſon qui s'envole
Sur l'aîle des regrets,
S'aimer, & ſe le dire
Voilà le ſentiment :
Le ſentiment ſoupire,
Et voilà ſon ferment.

THOMAS.

Elle a raiſon ; mais ne pourois-tu pas dire quelque choſe de ſatisfaiſant à celui qui doit te poſſéder ; là quelque choſe de perſonnel.

CLAUDINE.

Vous le permettez ?

THOMAS.

Oh, je t'en prie.

AIR. *De mon Berger volage.*

CLAUDINE.

Que l'objet qui m'engage,
Eſt un objet touchant !
Il a par ſon hommage
Fait naître mon penchant,
Eh ! commenr ſe deffendre
De céder à ſon tour,
Quand l'amant le plus tendre
Eſt beau comme l'amour ?

THOMAS.

Diable ! je ne croyois pas ressembler si fort à ce Dieu ! tu charge un peu le portrait, ma petite reine ; mais va je t'en sçais bon gré.

PIEROT *toujours d'un ton niais.*

AIR. *De la Palisse.*

Monsieur, j'entends tout cela da !

THOMAS.

Parbleu, c'est la nature même.
à Claudine.
Va ma pauvre petite, va,
Je t'aime plus que tu ne m'aime.

CLAUDINE.

Monsieur, je le crois aisément.

THOMAS.

Tes sentimens, pour moi, seront bientôt récompensez ; je te laisserai la maîtresse.

AIR. *Des fraises.*

Et tu porteras sur toi
La clef de mes armoires,
Viens...

CLAUDINE.

Avant permettez-moi,
S'il vous plaît de manger.

THOMAS.

Quoi !

CLAUDINE.

Des poires, des poires, des poires.

THOMAS.

Oh, qu'à cela ne tienne! va Pierot, va vîte prendre une échelle & tu lui en cueilleras.

PIEROT.

J'y cours, Monſieur, j'y cours.

Il ſort.

THOMAS.

Ce garçon-là m'eſt bien attaché, c'eſt dommage qu'il ſoit ſi benêt.

SCENE VIII.

CLAUDINE, THOMAS.

THOMAS.

AIR. *Et non, non, non, je n'en veux pas davantage.*

TU dois être bien contente.

CLAUDINE.

Je ne le ſuis pas encor.

THOMAS.

De ton ame impatiente,
J'aime à voir le doux tranſport.
Ce ſoir celui qui t'engage,
De ſon cœur te fera le don.

CLAUDINE.

Et non, non, non,
Je n'en veux pas davantage.

Que ne suis-je sûre de la réussite!

THOMAS *riant.*

Ah, ah, ah, elle me fait rire, est-ce que cela peut manquer?

CLAUDINE.

Mon coeur le craint.

THOMAS.

Ton coeur, ton coeur... a tort; il est étonnant comme elle m'aime: ce que c'est que de gêner les filles, & de les garder de près, on se les attache.

SCENE IX.

THOMAS, CLAUDINE, BLAISE.

BLAISE.

AIR. *Oh reguingué.*

SErviteur à Monsieux Thomas!
Que votre future a d'appas,
O reguingué, ô lon lanla,
Morgué ça seroit ben dommage,
Qu'alle languissât davantage.

THOMAS.

Ce jour va finir son tourment.

BLAISE.

Je savons ben que tout s'apprête pour ça, & j'en sommes ben aise; car je nous interressons à son intérêt; & stila qu'alle aime est morgué ben aimable y tout.

THOMAS.

Je te suis obligé du compliment.

BLAISE.

Oh allez, il n'y a pas de quoi! Dites donc M. Thomas? vous allez ben vous réjouir?

THOMAS.

Oh, je t'en réponds, mon enfant.

BLAISE.

AIR. *L'honneur dans un jeune tendron.*

Celle que voilà devant vous,
Mérite d'un fringant époux,
Toute l'ardeur & le courage.

THOMAS.

Mais mon tein est assez fleuri.

BLAISE.

Oui, vous portez sur le visage,
Tous les signes d'un bon mari.

THOMAS.

Quoi, franchement!

BLAISE.

Oh, en vérité.

AIR. *N'ayez pas tant de mépris.*

Vous avez avec cela
De l'esprit, dit-on,

THOMAS.

Oui da.

BLAISE.

Vous êtes rusé,
Il n'est pas aisé
De vous en faire accroire.

THOMAS.

Oh non!

BLAISE.

Qui vous attrapera,
Sera pis qu'un grimoire,
Lon la
Sera pis qu'un grimoire.

THOMAS.

Va, je le pardonne.

BLAISE.

Eh pourtant, note bourgeois, vous ne seriez pas d'humeur, sur vote respect, à céder Mademoiselle Claudaine à queuqu'autre, pas vrai?

THOMAS.

Non, parbleu?

BLAISE.

Je croirois ben. A propos de ça, comment trouvez-vous l'poisson? Pierot vient de me dire qu'il passeroit, en cas que Mademoiselle Claudaine l'aime.

CLAUDINE.

Passionnément.

THOMAS.

THOMAS.

Oui, il eſt très-frais, tu veux m'amener à te donner pour boire?

BLAISE.

Tout juſte, note maître, comme vous devinez? Queu malin que vous êtes?

THOMAS.

Tiens le voilà.

BLAISE.

Deux ſols! on voit ben que c'eſt le jour de vos nôces, vous faites de la dépenſe.

AIR. *L'occaſion fait le larron.*

Ne faut-il pas vous rendre votre reſte,

THOMAS.

Non garde tout, c'eſt pour toi mon garçon.

BLAISE.

Loin d'être ingrat je veux, je vous proteſte,
Vous faire avaler un goujon.

THOMAS.

Volontiers, cela n'eſt pas de refus.

BLAISE.

Laiſſez faire, allez, Mademoiſelle Claudaine vous le fra frire dans la poële à M. Lubin, pas vrai la petite mere? Ah, M. Thomas, que vous êtes heureux! Voyez comme alle vous regarde, ſi alle pouvoit vous manger alle le feroit. San- adieu M. Thomas.

THOMAS.

Bon jour, mon ami.

BLAISE *ſortant.*

Y allez vous en gens de la nôce,
Y allez vous en chacun cheux vous.

THOMAS.

C'est un bon réjoui ! .... comme te voilà rêveuse, depuis un instant tu n'es plus la même, que te manque-t-il ?

CLAUDINE.

Des poires.

SCENE X.

THOMAS, CLAUDINE, PIEROT.

THOMAS.

TIENS, voilà Pierot, tu vas être satisfaite.

CLAUDINE.

Je craignois qu'il ne m'eût oubliée.

PIEROT *toujours niais après avoir posé l'échelle.*

AIR. *Nous jouissons dans nos Hameaux.*

Vous oublier, nenni vraiment,
Je n'en ai point envie,
A vous servir, à tout moment,
Je passerai ma vie.

THOMAS.

Fort bien,

PIEROT.

Monsieur, en vous aimant,
Fait que ça m'intéresse,
Et je vous regarde à présent,
Tout comme ma Maîtresse.

THOMAS.

Oh, tu le peux, puisque je la regarde moi, comme ma petite femme.

CLAUDINE.

Air. *Ah le bel oiseau Maman.*

Pierot ne se trompe pas,
Et le titre qu'il me donne,
A pour moi tous les appas,
D'une brillante couronne,
Quel bonheur lors qu'en aimant,
Le cœur seul tient lieu de trône!
Quel bonheur lors qu'en aimant,
On regne sur son Amant!

THOMAS.

Tu m'enchante. Elle est folle de moi. Pierot dépêche-toi de lui cueillir de ce fruit.

PIEROT.

Air. *M. en vérité vous avez bien de la bonté.*

Oh, je ne me fais point prier;
Mais, Monsieur, si je monte,
Ne secouez pas le Poirier,
Car j'aurois peur....

THOMAS.

Quel conte!
Mon pied fera ta sûreté,
Crainte que l'échelle ne glisse;

PIEROT *montant.*

Point de malice,

CLAUDINE.

Monsieur, en vérité,
Vous avez bien de la bonté!

THOMAS *au pied de l'échelle.*

Que veux-tu, il est peureux, il ne faut pas se mocquer de sa simplicité. Un homme d'esprit plaind ceux qui n'en ont pas.

PIEROT *sur l'arbre.*

Ah, ah, Monsieur ! que faites-vous donc là ?

THOMAS.

Parbleu, tu le vois bien.

PIEROT.

Vraiment, oui, je le vois. Quoi ! avant d'être mariés prendre ces petites libertés-là.

THOMAS.

Que diable est-ce qu'il chante !

PIEROT.

AIR. *Maman, qu'est-ce donc qu'ils faisoient ?*

Devant moi former ce dessein !

THOMAS.

Que dis-tu ?

PIEROT.

Vous poussez Claudine ;

THOMAS.

Qui moi ?

PIEROT.

Vous lui baisez la main,
Elle ne fait point la mutine
Vous l'embrassez,
La caressez.

THOMAS.

Fais-toi donc mieux entendre ;

PIEROT.

Diantre, comme vous la presſez.

THOMAS.

Je n'y puis rien comprendre.

La tête lui tourne.

PIEROT.

Ah! vous ôtez l'échelle, & vous vous enfuyez! Monſieur Thomas? Mademoiſelle Claudine? Ils s'envont! Je ſavois bien moi qu'ils me feroient des malices.

AIR. *Manon dormoit.*

C'eſt fort mal fait.

THOMAS.

Parle, que veux-tu dire,
Le diable met
Ton eſprit en délire.

PIEROT.

Mais quelle voix j'entend !

THOMAS.

Deſcend, deſcend,
Et tu veras, pauvre innocent.

PIEROT *après être deſcendu ſe frotte les yeux.*

Hé non, vraiment, les voici.

THOMAS.

Air. *Ton humeur est Catherine.*

Hé bien, prenons-nous la fuite,
Dis-moi, nous embrassons-nous ?

PIEROT.

J'ai pourtant vû...

THOMAS.

Tu mérite,
D'être mis au rang des foux.

PIEROT.

Je reste tout comme un marbre,
Car j'ai....

THOMAS.

Pauvre écervellé !

PIEROT.

Mais il faut donc que cet arbre,
Soit, Monsieur, ensorcellé.

Et si je n'ai pas tout vû ce que je vous ai dit, je ne m'appelle pas Pierot. Voyez le serment que je vous fais.

CLAUDINE.

Cela paroît bien étonnant.

THOMAS.

Il faut qu'il en soit quelque chose; car quoi que simple & niais, il a des yeux. Parbleu, éprouvons cela. *Il monte sur le Poirier.*

PIEROT.

Il le prend bien.

CLAUDINE.

AIR. *De s'engager il n'est que trop facile.*

Mais quel succès ceci peut-il produire !
Savez-vous bien qu'avant la fin du jour ;

PIEROT.

Tout sert nos vœux ; mais laissez-vous conduire,

CLAUDINE *lui donnant la main.*

Je mets mon sort dans les mains de l'amour.

THOMAS *sur l'arbre.*

Il sembleroit qu'il lui prend le bras.

PIEROT.

Daignez seulement me suivre.

CLAUDINE.

Mais Lubin, la Pudeur, la Sagesse, me défendent....

THOMAS.

On diroit qu'il la presse.

PIEROT.

AIR. *Ah ! je vous trouve, Chevalier.*

La fuite ne sera que feinte,
Ne craignez rien.

CLAUDINE.

Hélas !

PIEROT *lui baisant la main.*

Aimons-nous sans contrainte ;

THOMAS.

Cela va bien ;

PIEROT.

Pour notre intérêt, & par grace,
Daignez m'accorder un baiser,

CLAUDINE.

Pourois-je vous le refuser!

THOMAS.

Ne croiroit-on pas qu'il l'embrasse, ma foi, je trouve ce Poirier singulier; mais, mais fort singulier.

PIEROT.

Belle Claudine, venez.

CLAUDINE

Je n'ose.

PIEROT *se jettant à ses genoux.*

Je vous en conjure.

THOMAS.

Oh, oh, le voici à ses genoux! descendons.

PIEROT *pendant que Thomas descend passe de l'autre côté de l'arbre.*

Cruelle, nous sommes perdus!

THOMAS *descendant.*

Cela ressemble si fort à la vérité.

CLAUDINE.

Que je suis sotte!

THOMAS *descendu.*

Ma foi non, ils sont fort tranquilles, les pauvres enfans.

CLAUDINE.

Hé bien, Monſieur, avez-vous vû quelque choſe?

THOMAS.

Oui d'honneur, ou du moins j'ai crû voir qu'il te prenoit la main, qu'il la baiſoit, qu'il étoit à tes genoux.

PIEROT.

Là! ſuis-je un menteur!

CLAUDINE.

AIR. *De tous les Capucins du monde.*

Bon, vous riez,

THOMAS.

Eh non, te dis-je,

CLAUDINE.

En ce cas c'eſt donc un prodige,

PIEROT.

Voyez, Monſieur, ſi j'avois tort,
Etois-je fou,

THOMAS.

Non, je t'aſſure,
Malgré cela je doute encor
D'une auſſi comique avanture.

PIEROT.

J'étois comme vous.

CLAUDINE.

à part. *haut.*

Que je me repens de ma timidité. Je ſuis enchantée de cela. C'eſt une découverte rare.

THOMAS *content.*

AIR. *Un mouvement de curiosité.*

Comme tu dis, la découverte est bonne,
Cet arbre est une curiosité,
J'attrapperai par-là plus d'une personne,
Plus d'un jaloux y sera déconcerté ;

Tous trois.

Assurément la découverte est bonne,

THOMAS *remontant.*

J'y monte encor par curiosité.

PIEROT *à Claudine.*

Laisserons-nous encore échapper cette occasion?

CLAUDINE.

AIR. *Sur ces Côteaux.*

Je me souviens
De ma sotise & j'en reviens,
Vas, tu me conviens,
A mon tour je te préviens,
Viens.

PIEROT *ôtant l'échelle.*

Quel bonheur ! hâtons-nous,
Qu'il est doux
De tromper un jaloux !

THOMAS.

Ne croiroit-on pas qu'ils ôtent l'échelle ! cela est original !

PIEROT, CLAUDINE *s'en allant.*

Suivons l'Amour,
C'eſt lui qui nous guide en ce jour,
Loin des envieux,
Nous ſerons en d'autres lieux,
Mieux.

Ils ſortent.

SCENE XI.

THOMAS *ſeul.*

ON ſe donneroit au Diable qu'ils s'en vont. C'eſt plaiſant ! c'eſt fort plaiſant ! je ne donnerois pas ce Poirier pour cent Louis. *Il rit.* Ah, ah, ah, ah. Parbleu, je m'amuſerai bien ! Non ſeulement je m'amuſerai; mais je pourai faire nombre de gageures ; par conſéquent les gagner & m'enrichir encore! Cette idée me flatte bien plus que mon mariage.

SCENE XII.

THOMAS, LUCETTE.

LUCETTE.

COMMENT ont-ils fait pour s'échapper?

THOMAS.

Ah! Lucette, Lucette? tiens, viens voir, viens voir.

LUCETTE.

AIR. *Oui, j'ai tout vû.*

Ah ! j'ai tout vû,
Vous n'avez rien prévû,
Qui l'eût crû !

THOMAS.

Que dis-tu ?

LUCETTE.

Allez, Monſieur, ils ſont déja bien loin. Votre Pierot étoit un Amant déguiſé en Valet.

THOMAS.

A l'autre! eſt-ce que tu-es enſorcellée auſſi toi ? Le charme s'étendroit-il....

LUCETTE *riant.*

Hé mais, Monſieur Thomas, vous radotez, ils ſont prêts à revenir.

AIR. *Dans la jeune ſaiſon.*

Ma Sœur & ſon Mignon,
Qu'un Pêcheur conſidere ;
Dans la barque au poiſſon,
Ont paſſé la riviere ;
Hé riez, riez donc.

THOMAS *en colere.*

Ah petit ſerpent ! fripon de Pierot, effrontée Claudine ! Vîte, coure après eux.

LUCETTE.

Ma foi, Monſieur, courez-y vous-même.

LUCETTE.

Eh, le puis-je faire ? maudit Poirier ! tu ſeras coupé ! à l'aide, au ſecours ! je créve, je ſuis volé!

SCENE XIII.

THOMAS, LUCETTE, BLAISE.

BLAISE.

HE, puis ils s'en furent
Dans une maſure.

Ah ! ah ! dites donc Papa ? Qu'eſt-ce que vous faites-là ? Eſt-ce pour voir de plus loin que vous vla grimpé ſi haut ?

THOMAS.

Te voilà Pendard ! c'eſt donc toi qui facilite l'enlevement d'une jeune innocente.

AIR. *Chantez mon Petit.*

Toujours par Fillette franche,
Barbon doit être triché,
Comme un oiſiau ſur la branche

THOMAS.

Coquin,

BLAISE.

Le voilà perché !
Mi, mi, fa, re, mi,
Chantez, mon petit, &c.

THOMAS.

Oh, que j'aurai de plaisir à te faire pendre.

BLAISE.

Notre Bourgeois, de la douceur, en attendant je m'en vas vous tenir l'échelle, moi.

Il dresse l'échelle contre l'arbre.

THOMAS *descendant.*

Oh, nous allons voir beau jeu.

SCENE XIV & *derniere.*

M. DE BONSECOURS, CLAUDINE, LUCETTE, THOMAS, PIEROT, BLAISE.

CLAUDINE *pendant que Thomas descend.*

JE n'ose paroître devant lui.

M. DE BONSECOURS.

Rassurez-vous, ma chere Enfant, je prends tout sur moi.

THOMAS *descendu veut courir après Blaise.*

Ah! scélérat.....

M. DE BONSECOURS.

Tout doux, Monsieur Thomas.

THOMAS *d'un air soumis.*

Ah, Monsieur!

BLAISE.

AIR. *A la façon de Barbarie.*

Voilà Monſieur de Bonſecours,
Seigneur de ſa Paroiſſe,
Qui vient vous prêter ſon ſecours.

THOMAS.

Quelle nouvelle angoiſſe !

BLAISE.

Il connoît votre intention,
La faridondaine, la faridondon,
Il va la ſeconder auſſi Beribi,
A la façon de Barbari, mon ami.

M. DE BONSECOURS.

AIR. *Vous m'entendez bien.*

Mon cher, je vous donne à choiſir,
De plaider ou de les unir
Renoncez à Claudine,
Ou bien,
Je fais votre ruine,

BLAISE.

Entendez-vous bien ?

M. DE BONSECOURS.

Je vous abandonne tous les droits à ce prix.

THOMAS.

Quelle alternative !

BLAISE.

AIR. *Quel plaiſir va nous unir.*

Croyez-moi, Monſieur Thomas,
N'héſitez pas,
L'occaſion eſt bonne,
Sortez d'un double embaras,
Laiſſez Claudaine & gardez vos ducats,

Fillette fait peu de cas,
D'un Soupirant dont la barbe grisonne;
Croyez-moi, Monsieur Thomas,
Laissez Claudaine, & sauvez vos ducats.

M. DE BONSECOURS.

AIR. *La bonne aventure.*

Allons, Monsieur le Tuteur,
Un mot doit conclure,

THOMAS.

Hé bien, je me rends, Monsieur,
J'enrage de tout mon cœur,

CALUDINE. } La bonne aventure, au gué,
PIEROT. } La bonne aventure.

THOMAS.

Je vais faire abatre ce maudit Poirier, & fera les frais de la nôce qui voudra.

M. DE BONSECOURS.

Je m'en charge.

THOMAS *à Lucette en s'en allant.*

Toi, petite coquine, pour n'avoir pas été plus vigilante; tu payera pour ta Sœur dans quelques années.

LUCETTE *à Blaise.*

Monsieur Blaise, je me recommande à vous, quand je serai plus grande.

BLAISE.

Volontiers, je ne risque rien d'avancer le mien dans ces marchés là; moi je me sauve sur quantité.

VAUDEVILLE.

VAUDEVILLE
DU POIRIER.

PRetextant une bonne affaire,
Un débiteur d'un ton poli,
Vous promet de vous satisfaire,
Eh! oui, oui, oui,
Fiez vous-y!
Plus on est bon, plus il retarde,
Ensuite on a beau le prier,
Il chante, il rit, & vous regarde
Comme Thomas sur le Poirier.

Les agrémens du badinage,
Aux prudes causent de l'ennuī,
Leur conduite en est bien plus sage,
Eh! oui, oui, oui,
Fiez vous-y!
Bien souvent l'époux d'une prude
Qu'il respecte tout le premier,
Feroit une épreuve bien rude
S'il montoit dessus le Poirier.

Un amant cachant son martire,
Ne prend que le titre d'ami,
A l'estime seule il aspire,
Eh! oui, oui, oui,
Fiez vous-y!

On l'écoute, on l'aime, on se lie,
Et l'Amour ce petit sorcier,
Pour voir la derniere folie,
Monte bientôt sur le Poirier.

Quel vif accueil! quelle caresse
Lise fait à son vieux mari,
Sans doute il a seul sa tendresse,
Eh! oui, oui, oui;
Fiez vous-y!
On endort le pauvre bonhomme,
C'est pour l'empêcher de crier
De ce qu'il voit les choses, comme
S'il étoit dessus le Poirier.

Quand nous vous plaisons, ce spectacle
Par vous, Messieurs, est embelli,
La critique y met-elle obstacle,
Eh! oui, oui, oui,
Fions nous-y!
Nous ne craindrons point les orages
Que les revers font essuyer,
Si vous faites par vos suffrages
Fructiffier notre Poirier.

J'ai lû par Ordre de Monseigneur le Chancelier un Opera Comique, intitulé *le Poirier*, faisant partie du nouveau Recueil des meilleures Piéces, representées sur le Théâtre, & je crois que l'on en peut permettre l'impression. A Paris, ce 14 Août 1752. CREBILLON.

De l'Imprimerie de BALLARD, rue S. Jean-de-Beauvais à Ste. Cécile.

Nouvelles Pièces de Théâtre détachées.

Le Miroir, Comédie.
Le Bacha de Smirne, Comédie.
L'Année Merveilleuse, Com.
La Mort de Bucephale.
Le Pot de Chambre cassé, Trag. pour rire, & Com. pour pleur.
Les parfaits Amans, ou les Métamorphoses, Com. en 1751.
Le Magnifique, Comédie avec Divertissement.
Le Retour de la Paix.
Le Prix du Silence par M. DE BOISSY.
Benjamin, ou Reconnoissance de Joseph, Tragédie.
La double Extravagance, Comédie.
Mahomet, Tragédie.
Les Fêtes de l'Hymen, ou la Rose, Opéra Comique.
Les Petits-Maîtres, Comédie.
Le Provincial à Paris, Com.
Les Fausses Inconstances, Com.
La Feinte supposée, Comédie.
Caliste, ou la Belle Pénitente, Tragédie.
Mérope, Tragédie nouvelle de M. Clément.
Le Marchand de Londres, Tragédie Bourgeoise, seconde édition, revûe & augmentée.
La Petite Sémiramis, en 5 Actes.
Le Plaisir, Comédie, avec un Divertissement.
Vanda, Reine de Polog. Trag.
Les Souhaits, Comédie.
Momus Philosophe, Comédie.
Electre d'Euripide, Tragédie.
La Partie de Campagne, Com.
Cénie, Piéce Dragmatique, en cinq Actes.
La Colonie Comédie.
Les Veuves, Comédie.
Le Philosophe duppe de l'Amour, Comédie.
Le Valet Maître Comédie, 1752
La Gageure, Comédie en trois Actes, & en Vers libres.
Les Mariages assortis, Com.
La Coquette fixée, Comédie.
Le Reveil de Thalie, Comédie.
L'école du monde, Comédie.
Le Retour de l'Ombre de Moliere, Comédie.
Varon Tragédie.
Abaillard & Heloïse, Piéce dramatique.

Ouvrages de M. VADÉ.

La Fileuse, Parodie d'Omphale.
Le Poirier, Opera Comique.
Le Déjeuné de la Rapé, ou le discours des Halles avec les Bouquets.
La Pipe Cassée, nouvelle édition, avec quatre belles Vignettes.
Les Etrennes de la S. Jean, avec la Rélation galante & funeste.

Il se vend aussi chez le même Libraire plusieurs Divertissemens, des Pièces de Théâtre & autres Musiques, sçavoir:

L'Amusement des Dames, ou Recueil de Menuets, Contre-Danses, Vaudevilles rondes de table, Airs à boire, Duo avec accompagnement, dix parties finies.

L. Toilette de Vénus dressée par l'Amour, contenant des Menuets, Contre-Danses, Vaudevilles, Airs nouveaux & choisis, dix parties finies.

Le Passe-tems agréable & divertissant. Ce Recueil est rempli de

Vaudevilles, ronde de table, Duo, Brunette & autres, dix parties finies.

Les Desserts des petits soupers, de Madame de *** cinq parties.

Recueil des Menuets, Contre-Danses & Vaudevilles chantés aux Comédies Françoise & Italienne, douze parties.

Recueil d'Airs & Menuets, Contre-Danses, Parodies chantés sur les Théâtres de l'Académie Royale de Musique, & de l'Opéra Comique, neuf parties.

Amusemens champêtres, ou les Aventures de Cythere, chansons nouvelles à danser, une partie.

Menuets nouveaux en Concerto Contre-Danse, quatre parties.

Choix de différens Morceaux de Musique, trois parties.

Les Loix de l'Amour Recueil de différens airs, trois parties.

Comme on a fort gouté ces Recueils, & qu'on y a trouvé tout ce qui a paru de plus joli & de plus récréatif, l'Editeur a entrepris de les continuer & de mériter l'approbation du Public, par son empressement à lui donner ce qu'il y aura de meilleur & de plus amusant. On voit d'ailleurs qu'ils sont d'une ressource infinie, pour les Etrangers & pour ceux qui jouent des Instruments, puisqu'ils renferment les Airs les plus intéressans & les plus propres à former les jeunes Gens & les perfectionner dans la Musique.

Toutes ces Piéces se vendent en 6 volumes reliés ou séparément, & sont très-utiles à toutes les Sociétés qui veulent jouer la Comédie.

On trouve chez le même Libraire un assortiment général de tous les Théâtres & Pièces détachées, tant anciennes que modernes.

www.ingramcontent.com/pod-product-compliance
Ingram Content Group UK Ltd.
Pitfield, Milton Keynes, MK11 3LW, UK
UKHW021004220726
13924UKWH00002B/896